사랑의 노래

시아현대시인선 **007**

사랑의 노래

최규학 시집

인쇄일 | 2023년 12월 05일
발행일 | 2023년 12월 08일

지은이 | 최규학
펴낸이 | 김명수
펴낸곳 | 도서출판 시아북(詩芽Book)

출판등록 | 2018년 3월 30일
주소 | 대전광역시 동구 선화로214번길 21(3F)
전화 | (042) 477-8885, 254-9966
팩스 | (042) 367-2915
E-mail | siabook@daum.net

값 12,000원

ISBN 979-11-91108-86-6(03810)

사랑의 노래

최규학 시집

시아북

시인의 말

어릴 적 소풍 갔을 때 보물찾기에서 보물을 찾으면 뛸 듯이 기뻤습니다. 선물을 받으면 그것이 작은 것이라도 매우 소중하게 생각되었고 소풍과 학교생활은 물론 인생 전체가 환희에 찼습니다.

시상을 잡을 때도 그와 같이 기쁘고 리듬과 은유와 이미지를 활용하여 시를 지으면 그와 같이 환희에 찹니다.

보물찾기의 즐거움이 평생 잊히지 않듯이 시 창작의 짜릿함도 잊히지 않습니다.

보물찾기하듯이 꽃과 사랑과 인생과 장소에서 시를 찾았습니다.

<꽃의 노래> <인생의 노래> <사랑의 노래> <장소의 노래>의 4부로 엮었습니다.

꽃으로 시를 일으키고 사랑으로 시를 세우고 인생으로 시를 완성하고 장소로 시를 춤추게 하려 하였습니다.

첫 번째 시집은 <꽃의 노래> 두 번째 시집은 <인생의 노래> 이번엔 <사랑의 노래>를 표제로 하였습니다.

시도詩道를 전수하여 주신 (전) 오산대학교 홍문표 총장님께 고개 숙여 존경과 감사를 드리고, 하이데거와 김소월의 시론을 바탕으로 하여 시를 살리는 평설을 써준 최건수 박사님께 감사를 드립니다.

2023년 10월

인간 낙파 **최규학**

01
꽃의 노래

02
인생의 노래

03
사랑의 노래

04
장소의 노래

사랑의 노래

최규학 시집

01

꽃의 노래

동백꽃

꽃이 지면 그만인 줄 알았습니다
향기가 사라지면 잊혀 질 줄 알았습니다
하늘에 별로 피었다가
땅 위에 혼불로 다시 피었다가
가슴속 그리움으로 또다시 피는 꽃을 보고서야
꽃이 져도 끝이 아닌 걸 알았습니다
향기가 사라져도 그리움이 남는 걸 알았습니다.

소나무와 맥문동

푸른 머릿결 곱게 빗고
줄무늬 저고리에
꼿꼿한 치마를 입은 여인

타오르는 연보라 불꽃

하현을 그으며 내려와
상현을 그리며 솟구치는 단정학

서까래처럼 내려오는 환희
귀숫음 하는 영혼

가장 겸허한 자세로 선
외기둥 푸른 그늘막

진달래와 개나리의 케미보다 황홀한
저
치마 저고리

가로수

관세음보살처럼 서 있는
가로수

지나가는 사람들을
달빛 눈으로 바라보면서
가까이 오라 손짓한다

나뭇잎 비행기를 날리면서
얼른 와서 잡으라 손짓한다

같지만 결코 같지않은
여러 장이지만 오직 한 장뿐인
나뭇잎 편지를 읽으라 한다

무심코 지나가는 사람들은
알지 못한다

가로수가 십자가인 것을
가로수 옆에 다가갈 때

떨어지는 나뭇잎이
예수의 눈물이라는 것을

나뭇잎을 밟을 때 나는 소리가
'사~랑~'이라는 것을

연꽃의 미소

물속에 잠겼어도

자비의 불길
꺼트릴 수 없으리

파아란 방패 가득하여도

화살 보다 강한 눈빛
막을 수 없으리

소나기 쏟아져도

등불보다 밝은 얼굴
적실 수 없으리

그 모습 사라져도

마음보다 깊은 정
잊힐 수 없으리

피지 못한 수선화

안타까워라
겨울을 견뎠지만
피지 못한 수선화

다른 꽃들 날개 들어
노란 병아리 쓰다듬는데
새끼 없는 어미 닭
바람에 꽁지만 흔들고 있네

꽃대 부러진 수선화야
슬퍼하지 마라
줄기 더욱 푸르리니
다음 봄에는
가장 노오란 꽃잎 피우리라

풀

몇 겁을 수행해야 풀로 태어날 수 있을까?
태어난 그 자리 벗어나지 않고도
싱싱하게 살아가고
몸이 짓밟히거나 뜯어 먹혀도
기쁨에 충만하여 춤출 수 있을까?

소나무처럼 뻣뻣하지 않고도
꼿꼿이 서고
대나무처럼 마디가 없어도
부러지지 않을 수 있을까?

몸이 낫에 싹둑 베이거나
불에 오그라들며 타더라도
꽃보다 진한 향기 낼 수 있을까?

제 몸을 다 내어주고도
다시 살아나 영생하는
푸릇푸릇 풀이여
너는
그저 짓밟히는 하찮은 미물이 아니라

하늘 같은 존재구나
풀 보살이구나.

연꽃을 보려면

연꽃을 보려면 구도자처럼 광야를 헤매야 한다
재산인 양 쌓아둔 욕심을 아낌없이 날려 보내야 한다
묵은 가슴에 남은 더러운 공기를 모두 토해내고
영혼의 거울에 묻은 때를 말끔히 씻어야 한다
동굴 끝에 감춰둔 자비심의 곳간을 열고
봇물 터지듯 한량없이 내어놓아야 한다
얼굴에 주름진 번뇌의 강을 메우고
어린아이처럼 판판한 미소를 띠어야 한다
긴장감이 사라진 낡은 심장에 새로 뜬 무지개를
연결하여야 한다.

그것이 꽃이다

제각기 별이 되어 태어나는 꽃
아름답지 않은 꽃은 눈뜨지 않는다
진정 아름답기에 아름답다고 주장하지 않는다
사랑을 먹고 살기에 곳간을 채우지 않는다
나비의 요구를 거절하지 않고
바람이 불어와도 찡그리지 않고
살점을 뜯어먹는 벌레에게도 향기를 묻혀준다
아름다움을 결정하는 것은
색깔이 아니다
키도 아니요, 덩치도 아니다
아름다움을 결정하는 것은
순서가 아니다
일등도 없고 중간도 없고 꼴등도 없다
짧은 생애
별처럼 피어나서 눈 몇 번 깜빡거리다가
아무 미련 없이
별똥별처럼 눈물 한 방울로 지는 것
그것이 꽃이다.

낙화에 대하여

싱싱한 꽃잎
바람에 떨어지는구나
꽃잎은 가만히 있는데
나비가
바람을 원망하는구나

바람보다 더한 건
벌레의 무자비한 이빨
병균의 지독한 독소
그보다 더한 건
늙고 말라비틀어지게 하는 세월
그러니 바람이 고맙지 않으냐

떨어지는 것을 슬퍼하지 말고
추하게 붙어 있는 것을 슬퍼하여라
죽음은 본래 없는 것
다만 다른 모습으로 다시 태어나는 것이다.

단풍 별곡

단풍은 일곱 빛깔
무지개치마

산에서 들에서
강강수월래 강강수월래

혼불이 되어 비행기가 되어
공작새 날개가 되어
둥글게 둥글게

단풍은 가을볕에 취한 노승
낮잠을 자다가
나무아미타~ 불 나무아미타~ 불

단풍은 식어가는 너의 심장

무심한 바위가 흘리는
붉은 눈물

자작나무

너는
푸른 파도 속에서 솟아오르는
하얀 분수
구름도 은근 내려다보고
까치도 흘깃 바라다보고
토끼도 멈칫 올려다보지만
아닌 척 바라보는
내 눈길이 가장 뜨겁다.

꽃비

소나기처럼 꽃비가 내린다
잔인한 사월에 폭설처럼
꽃비가 내린다
어린 가슴 태우는 꽃불을 끄려고
진눈깨비 꽃비가 내린다
촛불은 바람에 위태롭고
들불은 봄비에 까무러치는데
꽃불은 꽃비에 사그라지는구나
꽃비가 내리는 날
창문을 열면
외로움이 나비처럼 날아들고
산에서 타는 꽃불이
도깨비불처럼 날아와
마른 장작이 된 가슴을 태운다
꽃비를 총알처럼 맞으면
아픈 영혼은 귀촉도가 되어
귀촉 귀촉 울고
꽃불에 그을린 바위처럼
새까만 사리를 토한다.

나목

한겨울 나목의 맨살을 만져보고 싶다
자신의 체온을 얼음처럼 낮춰 추위와 싸우는 나목을 포근 안아주고 싶다
칼바람의 공격이 아무리 거세어도 쓰러지지 않고 버티는 나목의 곁에 서서 속삭이고 싶다
갑옷을 벗어 던지고 맨몸으로 총탄과 화살을 맞았던 조선의 어떤 장군처럼 용감하다고
얼어붙은 땅바닥에 무릎을 꿇고 영웅이 되어가는 나목에게 큰절을 올리고 싶다
길어야 백일을 싸우면 나목은 동장군을 물리치고 개선하리라
가지가 부러지고 뿌리가 얼어도 절대로 죽지 않고 다시 일어나리라
봄이 되면
새 옷으로 갈아입고 지상 최대의 승전 페스티벌에 참여하리라
나목의 전술은
그저 다 벗어 던지는 것뿐
그저 견디는 것뿐
스스로 죽거나 물러나지 않고 끝까지 그 자리를 지키는 것뿐이다
어떤 전략도 없이 어떤 타협도 없이

어떤 방패도 없이 어떤 무기도 없이
그저 갓난아기 같은 적신이 되어 맞서는 것뿐이다
그 누구의 도움도 없이 오롯이 혼자서 새벽을 맞고
낮이 되면 희미한 햇볕에 몸을 덥히다가
까만 밤이 되면 유령의 춤에 다시 질식하는
지옥 같은 전투를 반복하고 반복하는 것뿐이다
맹추위를 맞아 혹독한 시간을 보내는 사람이여
다 벗어 던지고 체온을 낮춰 겨울을 이기는 나목을 바라보아라
그대 스스로 한겨울의 나목이 되어라
그대 스스로 나목의 아픔이 되어 백일을 견뎌라
그대 나목처럼 위대한 봄을 맞게 되리라.

너의 꽃

꽃처럼 생겼나고 다 꽃이 아니다
꽃다워야 꽃이다
아무리 아름답고 시들지 않을지라도
저 큰 집의 장식품인 조화를 어찌 꽃이라 할 수 있으랴
향기를 주지 않고
꿀도 주지 않고
열매를 위해 시들지 않는다면 어찌 꽃다운 꽃이라 할 수 있으랴
네가 비록 이름 없는 들꽃에 지나지 않을지라도
나에게 꽃다운 꽃이 되어준다면
나는 너의 꽃에 앉아있는 한 마리 작은 나비가 되고 싶다.

너의 나무 되어

나는 너의 나무 되어
산비탈을 지키는 나무 되어
상처를 감싸고
무너짐을 막을 것이다
바람을 막고 비를 막고
너에게 쏟아지는 온갖 것들을 다 막을 것이다
살아서는 너의 피부 되고
죽어서는 너의 뼈가 될 것이다
너를 위해 선 몸 죽을 때까지 눕지 않고
너를 위해 뻗은 팔 죽을 때까지 내리지 않을 것이다
낮에는 꽃을 들고
밤에는 별을 들고
네 곁을 한 걸음도 떠나지 않을 것이다
꼿꼿하게 너를 지킬 것이다.

길 위의 낙엽을 위한 기도

길 위에 내팽개쳐져
유리창처럼 산산이 조각나는 비참함이여

떨어지는 것은 잎이 아니라 슬픔이다
소리 없는 비명이어서 더 싸하다

하얀 길 위에 그려지는 호피 무늬
죽어서도 길을 더럽히고 가야 하는 몸뚱이

그대로 붙어 있을 수 없어 시드는 생명
세월에 밀려나는 서러움

죽는 것도 태어나는 것도 저의 선택이 아니다

다음 생에는
길가 쪽 가지에서는 태어나지 않게 하소서
길 위에는 떨어지지 않게 하소서

앵두

누가 앵두에 입 맞출 수 있으랴
앵두만이 앵두에 입 맞출 수 있다
앵두처럼 곱고 순결한 입술을 가진 자만이
앵두에 입 맞출 수 있다

누가 앵두를 딸 수 있으랴
앵두만이 앵두를 딸 수 있다
앵두처럼 곱고 순결한 손을 가진 자만이
앵두를 딸 수 있다

누가 푸른 커튼을 열고 붉은 진주를 가질 수 있으랴
진주조개의 눈물을 아는 자만이 진주를 가질 수 있다
앵두가 피눈물인 줄 아는 자만이
앵두를 가질 수 있다

소나무 옆에

소나무 옆에 소나무만 있는 것이 아닙니다
소나무 옆에 자작나무도 있습니다
소나무 옆에 자작나무가 있으면
자작나무의 뽀얀 살이 더욱 눈부십니다
소나무의 검붉은 근육도 더욱 돋보입니다

소나무 옆에 참나무도 있습니다
소나무 옆에 참나무가 있으면
참나무의 단풍 든 얼굴이 더욱 환합니다
소나무의 푸른 얼굴도 더욱 드러납니다

소나무 같은 사람 옆에 자작나무 같은 사람 있으면
사시장철 서로 돋보입니다
소나무 같은 사람 옆에 참나무 같은 사람 있으면
철 따라 서로 드러납니다

이 세상에 똑같은 존재는 존재하지 않습니다
자기 스스로 드러나는 것은 아무것도 없습니다
다른 존재가 있어야 비로소 자신도 돋보이게 됩니다

그래서 소나무 옆에 자작나무와 참나무가 함께 있는
모습이 저렇게 아름답습니다.

억새꽃

찬바람에 꽁지만 남은 앙상한 새
눈보라 속에서 비틀거리는 외다리 학
황량한 벌판에 주인 잃은 하얀 머리칼
절규하는 서러운 어머니의 영혼
강둑에 버려진 이름 없는 백골
버림받은 가난한 아버지의 미라
그러나
꽃 넘어 꽃
바람을 이기는 새털구름

원추리꽃

산모퉁이 원추리꽃
우리 엄마 그리는데
더 많은 꽃 필요할까

우물가에 원추리꽃
우리 엄마 그리는데
또 다른 꽃 필요할까

무덤가에 원추리꽃
우리 엄마 그리는데
무슨 꽃 더 필요할까

우리 엄마 원추리꽃
뻐꾸기 우는 날
혼자서 슬몃 피어 있네

작은 풀

겨울이 머무는 산비탈에 작은 풀이 살고 있습니다
위세를 떨치던 키 큰 풀은 죽어서 영혼 없이 서 있는데
장군처럼 우뚝한 나무도 갑옷을 벗고 덜덜 떨고 있는데
땅바닥에 납작 엎드린 이름도 없는 작은 풀은
시퍼렇게 살아 있습니다
주변이 누러니 푸른빛이 더욱 도드라집니다
화려한 옷을 입고 분 향기 뿜어내며 요염함을 뽐내던
풀꽃들은 흔적도 없이 사라지고
먼 길 날아 와 목청을 돋우던 철새들도 종적이 묘연한데
보잘것없는 작은 풀은 시퍼렇게 살아 있습니다
땅이 꽝꽝 얼어도 한길이 넘게 눈이 쌓여도
작은 풀은 죽지 않습니다
땅바닥에 납작 엎드렸기 때문입니다
북극에서 날아온 바람의 칼날도 작은 풀은 베지 못합니다
눈사태에 구르는 돌멩이도 작은 풀은 누르지 못합니다
땅바닥에 납작 엎드렸기 때문입니다
겨울이 머무는 나라에서는 작은 풀이 영웅입니다
작은 풀이 최후의 승자입니다
땅바닥에 납작 엎드렸기 때문입니다.

춤추는 풀

하늘나라 궁전에서 춤추던 무희舞姬
가난한 집 마당 가에
춤추는 풀로 환생하였네
누구를 얼마나 잘못 사랑했기에
다리가 땅에 박히는 천벌을 받았나
앞으로 내달려도 다시 제자리
하늘로 솟구쳐도 또 제자리
제자리서 맴도는 신세 되었네
아침마다 진주목걸이 걸고 나와서
춤추며 그리운 임 불러 본다네
땅으로 들어갈 듯 다시 솟아오르고
하늘로 날아갈 듯 또 내려오네
팔을 한 번 흔들면
나무가 춤을 추고
몸을 한 번 흔들면
구름이 춤을 추니
바람이 풀을 흔드는 것이 아니라
풀이 바람을 흔드는구나
마당 가 춤추는 저 하찮은 풀을
하늘나라 무희舞姬라고 누가 믿으리

풀 한 포기

그 나무가 행복한 것은
보잘것없는 풀 한 포기 때문이었습니다
멋진 나무는 늘 저만치서 애만 태우고
아양 떠는 새는 제 맘대로 날아왔다
제 맘대로 날아갔지만
그 나무 밑 못난 풀 한 포기는
언제나 그 나무 곁에만 있어 주었습니다
풀이 없었을 때는 바람에 발이 시리고
빗물에 숨이 막혔지만
풀이 다가와서는 양말이 되어주고
우산이 되어주었습니다
풀벌레 울음소리는 자장가가 되어주고
풀꽃 향기는 마음을 안정시켜 주었습니다
풀은 그 나무 품에서 죽고
그 나무 품에서 다시 태어났습니다
그 나무도 가을이면 낙엽으로 풀뿌리를 덮어주고
봄에는 새잎을 피워 비바람을 막아주었습니다
여름 하늘에 뜨거운 바람 불고 비가 오지 않아도
풀 한 포기 때문에 견딜 수 있었습니다
언젠가 그 나무도 죽으면

풀 속에서 다시 태어날 것입니다
풀의 품 안에서 아기처럼 예쁘게 자라날 것입니다.

플라타너스 낙엽

플라타너스 낙엽을 바라보면
아버지가 생각난다
오래 입은 헌 옷처럼 누리끼리한 피부
주머니 속에서 오래 묵은 낡은 손수건처럼 구겨진 얼굴
바스락 소리도 내지 못하고
푸서억~
허탈한 한마디
그러나
벌레에 뜯기고 비바람에 찢긴
저 명예로운 훈장
어느 인생이 이보다 더 숭고할 수 있으랴
가슴속에 묻어둔 꽃 한 송이는 아직 꺼내지도 못했는데
미련 없이 떨어지는
저 초연한 자세
영락없는 우리 아버지다.

02

인생의 노래

겨우와 너무

나는 겨우 먹고살지만
나는 너무 행복하다
나의 집은 겨우 드러누울 정도지만
나는 너무 편안하다
나의 차는 겨우 굴러가지만
나는 너무 안락하다
나의 사랑은 겨우 손을 잡는 정도이지만
나는 너무 짜릿하다
나의 별은 겨우 빛나지만
나는 너무 눈부시다
내가 만든 겨우를
신께서 너무로 바꿔주시니
나의 복이 하늘만 하다.

금아 인연

금아 피천득 선생님
'인연'으로 인연을 만드신다

한 번 뵌 적 없지만
'인연'으로 이루어진 인연

어리고 귀여운 꽃이다
연두색 우산이다

따뜻한 바람 불어와
차가운 나무 흔들고 가는 날이면

심장을 때리는 종소리

"그리워하는데도 한 번 만나고는 못 만나게 되기도 하고,
 일생을 못 잊으면서도 아니 만나고 살기도 한다"

말씀이 메아리칠 때마다
상처에 꽃이 핀다.

눈물의 말

눈물이 웃음에게 말했다
너와 나는 상사화의 잎과 꽃이구나
사람들은 잎을 버리고 꽃만 좇으려 하지만
잎 없이 어찌 꽃만 존재할 수 있으랴

하느님도 한참을 우신 다음에야
뜨거운 사랑을 보내시고

어머니도 소리 없이 눈물을 흘리신 뒤에
자식을 꼬옥 안으신다

눈물이 마른 가슴에는 악의 꽃이 피고
눈물이 촉촉하면 사랑의 꽃대가 돋는다

뱁새눈 풀잎이나 황소 눈 나뭇잎도
아침에 작은 눈물방울을 매단 날에는
잠자리에게 방석을 내어주고
새똥에 맞아도 푸른 웃음을 건넨다

눈물 없이 웃음만 가득하다면
활활 타는 이 세상
불화살을 어이 견디며 살아갈 수 있으랴.

꿀

꿀맛이 항상 단 것은 아니다
꿀맛에서 커피 향이 난다면
날개가 찢어지도록 비행하고도 쉬지 못한 벌이 꺽꺽
토해낸 쓸개즙이 섞인 것이다
꿀맛에서 천일염의 짠맛이 느껴지면
벌이 삐질삐질 흘린 눈물과 땀방울이 비벼진 것이다
꿀맛이 늘 꿀맛이라며 악마의 미소를 짓는다면
무자비한 일이다
죽을 때까지 일한 벌에 대한 고마움을
잊는 일이다.

봄은 나비다

봄은 나비다
꽃봉오리 부푼 가슴 찢어놓고 죽는
불나비다
찬 바람 파도를 거슬러 보드를 타고 와서
꽃 치마 무늬로 봄을 그리는 호랑나비다
겨울 왕국의 마법을 푸는
너울춤으로
차가운 들판에 생기를 불어넣는
하늘 나비다
봄이 나비인가?
나비가 봄인가?
밭두렁 원추리꽃에도 논두렁 나싱개 꽃에도
봄이 앉아있다.

사모님

마음과 손이 따로 노는 시대에
진정 사모님이라
불릴 자 누구인가?
부유하고 높고 귀하신 분들의 부인은 많으나
교사의 부인보다
더 사모님 소리 어울리는 사람 없으리
교사를 선생님으로 존경하지 않는 세상에서도
그녀는 자기 남편을 진정한 선생님으로 우러른다
학생들조차 교사를 한낱 길가에 구르는 돌처럼 여겨도
그녀는 자기 남편을 다이아몬드로 떠받든다
그녀는 부족한 돈으로 오병이어의 기적을 만들고
환란이 닥쳐도 난타의 등불을 밝힌다
언제 어디서나 남편의 학생이 되고
자식들의 선생님이 된다
그래서 자기 얼굴과 자신의 자태가 진주처럼
익어 귀티가 나게 한다
부족한 듯 슬픈 듯 겸연쩍게 웃으며
삶을 사랑하는 모습 달처럼 아름답다
여인이 꽃이라면 교사 부인의 얼굴은
편안하면서도 품위 있고 애틋한 접시꽃이다

남편을 생각해서 자신을 다소곳이 가다듬는 모습은
미모사를 닮았다
조금은 부족한 미모 조금은 부족한 주머니
조금은 부족한 학력 조금은 부족한 배경이
그녀를 더 아름답고 더 풍요롭고
더 당당하고 더 활기차게 한다
나는 그런 사모님을 보면 우울하다가도
구름이 배를 가르고 출산하는 햇살 같은 웃음이 난다
교사의 부인보다 더 사모님 소리 어울릴 자 없으리
그녀의 가슴에 별이 가득하기를

부채

부채를 흔들어보면 알게 된다
바람은 수신호로 달리는 자동차라는 것을
무대에 오르기를 기다리는 가수라는 것을
부채 바람은 냉막걸리요 꿀물이며
발효홍삼이라는 것을
더위를 이기는 백 가지 비법이
있을지라도
손으로 부채를 잡고 부치는 것보다
더 선한 방법은 없다
부채를 부치면 착한 바람이 일어서서
화난 더위를 주저앉힌다
평정심은 돌이 되고
미움이 별이 되고
평화가 입을 맞춘다
학의 날개 너울너울 기분이 하늘을 난다
부채를 부쳐보면 알게 된다
세상의 모든 진리가 바람 한 점이라는 것을

슬픔

일하는 개미를 장난삼아 밟아 죽이고
기도하는 파리를 재미 삼아 때려잡는 것이
슬픔이어야지 기쁨이면 안 된다

어머니 상여 뒤를 따라가는 어린 자식의 통곡 소리가
슬픔이어야지 기쁨이면 안 된다

아직은 창창한 남편이 죽었는데
친구들과 깔깔거리며 수다를 떠는 부인

백두옹 아버지가 돌아가시자 호상이라며
즐거워하는 자식들

슬픈 일을 당하여 슬퍼하지 않는 세상이 슬프다

슬픈 일을 당하여 눈물에 뜬 무지개를 보는 것이
기쁨인 세상이 슬프다.

이건 아니지

이건 아니지
설날인데
전깃줄에 까치 음표 하나
걸려 있지 않고

마을의 대동맥은 부르터서
꼬까옷 입은 적혈구 하나
흐르지 않네

오두막은 대궐로 변하고
철새 날던 들에는 비닐하우스
마당에는 고급 차가 그르렁거리는데

우리 엄마 해소 기침 소리 까마득하고
우리 외삼촌 세상 걱정하는 소리 그립구나
반가워 멍멍 짖던 누렁이는 어디 갔는가

부모님 성묫길에
만나는 사람조차 없으니

시든 억새꽃처럼 외로운 것은
냉골에 방치된 독거노인만이 아니네

이건 아니지 정말
이건 아니지

어머니

어머니는 눈물로 말씀하셨다
한평생 울고 울다가
짠 내 가득한
소금 한 덩이 놓고 가셨다
내 몸이 굴비 되라고
내 삶이 썩지 말라고

질주 인생

강변도로를 씩씩대며 달렸습니다
앞을 바라보니 강이 벌써 와 있습니다

산길을 헉헉대며 달렸습니다
앞을 바라보니 산이 벌써 와 있습니다

들길을 거침없이 달렸습니다
앞을 바라보니 들이 벌써 와 있습니다

인생길을 쉬지 않고 달렸습니다
앞을 바라보니 벌써 저승이 와 있습니다

책갈피

아스팔트 위 책갈피
우주 책 사이에 끼어 있다
위쪽은 하늘
아래쪽은 땅
두 쪽으로 된 책이다
많은 뱀이 지나갔을 터인데
어찌 저 뱀이 책갈피가 되었을까
우주의 영광을 드러내라고
신께서 선택하신 것인가
뱀보다 내가
더 납작해진다.

2월의 시

2월은 먼동이다
새벽하늘을 찢는 아픔이 없이
어찌 눈부신 아침을 맞을 수 있으랴

2월은 애벌레다
제 껍데기를 찢는 고통이 없이
어찌 나비가 되어 날 수 있으랴

2월은 꽃봉오리다
제 가슴을 찢는 고통이 없이
어찌 꽃이 되어 향기를 뿜을 수 있으랴

2월은
저 스스로 가위가 되어
제 살가죽을 잘라내야만
찬란한 봄을 낳을 수 있다

행복

시작도 끝도 없는 광막한 우주에서
기적의 푸른 별 지구를 만나
꿈틀거리는 생명으로 태어났다는 것
가슴속에 태양이 이글거리는 사람으로 태어났다는 것
이 얼마나 넘치는 행복인가

몸은 티끌만 하지만
가슴은 우주를 품고도 남는다는 것
아는 것도 없고
가진 것도 없고
생긴 것도 보잘것없지만
사랑하면 작열하는 심장을 가졌다는 것
그 무엇보다 너를 만나 사랑하였다는 것
이 얼마나 큰 행복인가.

가을바람이 불어올 때

가을바람이 불어올 때
나뭇잎만 뚝뚝 떨어지는 것이 아니다
고독한 사람의 가슴에서 외로움도
뚝뚝 떨어진다

가을바람이 불어올 때
철새만 훨훨 날아가는 것이 아니다
갈 곳 없는 나그네도 훨훨 흘러간다

가을바람이 불어올 때
가을 달만 빙빙 굴러가는 것이 아니다
인생의 가을을 맞은 사람의
나이테도 빙빙 굴러간다

가을바람이 불어올 때
감잎 떨어지는 소리를 들으며
억새꽃만 엉엉 우는 것이 아니다
하늘나라 외로운 신들도 먹구름 속에서
엉엉 운다.

가을의 전령사

길가에 서서
가을이 왔다고 외치는 코스모스꽃
설레면서도 쓸쓸하다

풀 섶에 숨어 우는 베짱이
짤깍짤깍 베를 짠다
씨줄은 여름으로
날줄은 가을로
쉬지 않고 짜는 소리
채워갈수록 허전하다

창가에 기대어 노래하는 귀뚜라미
쓰르라미와 경쟁을 하듯
목청을 높이는 모습
감동이지만 애잔하다

힘겨운 시간이었지만
여름이 간다는 것은
세월이 간다는 것
가을의 전령사는

반가운 소식을 전하지만
가슴 한편을 무너뜨린다.

고래

바다에는 검은 고래가 살고
육지에는 푸른 고래가 살고
하늘에는 하얀 고래가 산다

검은 고래는 물을 내뿜고
푸른 고래는 안개를 내뿜고
하얀 고래는 바람을 내뿜는다

내 가슴에는 빨간 고래가 사는데
너의 꽃을 찾아가는
붉은 나비를 내뿜는다.

귀천에 대하여

하늘로 돌아간다는 것은
저 하늘로 가는 것이 아니다
신의 휴지통에 버려지는 것이다

죽은 몸은 땅속으로 들어가고
인생은 신의 휴지통으로 들어간다
천국이나 지옥은 휴지통의 폴더이름이다

한평생 자신을 주인공으로 찍던 동영상은
전원이 꺼지는 순간 심사 없이 휴지통에 자동 저장된다
천국이나 지옥은 이름만 다를 뿐 같은 폴더이다
신만이 켜고 꺼내 볼 수 있는 영역이다

신은 가끔 인생의 동영상을 꺼내 보면서
눈물을 흘린다
신을 울리는 것은 오직 인생의 동영상뿐이다
누구의 인생이든 신이 심혈을 기울여 쓴
가장 슬픈 비극이기 때문이다.

만족의 달

가을 하늘처럼 텅 빈
어머니 가슴에
만족의 달이 뜬다

뼈 빠지게 일하여 번 돈으로
새끼들 새 옷 해 입히고
고기 두어 근 끊어오고
부침개도 부치고
삼사 실과도 사고
약주도 한 병 받아온다

풍성한 송편과 함께
조율이시 어동육서
올리고 나면
왁자지껄 만족의 달이 뜬다

제사를 잘 지내면 복이 온다더니
조상님께서는 흠향만 하시고
음식을 그대로 남겨주신다

동산같이 솟은
제사상 위에
만족의 달이 뜬다.

청설모

나는 비루한 쥐새끼가 아니다
푸른 도포를 입은 청서靑鼠이다
나는 얼뜨기 인공지능이 아니다
버전 5.0의 자연 지능이다
몸통만 한 꼬리에 빛나는 꼬리털
눈부시다
청서모靑鼠毛 아니 청설모
나는 유해 동물이 아니다
숲속의 성자聖者이다
곧추선 나무줄기를 평지처럼 오르내리고
늘어진 나뭇가지를 바람처럼 건너다닌다
도토리나무, 밤나무, 호두나무, 가래나무
잣나무
이런 것들이 숲속에서 사라지지 않는 것은
내가 삽질하여
숨겨놓은 씨앗 덕분이다
배고픈 까치와 까마귀에게 식량으로 나누어 주고
남은 것들을
나무로 다시 태어나게 하기 때문이다

“잠꾸러기 다람쥐야
황조롱이 무섭거든,
내 집 하나 내어주마”

바람

꽃 입술 건드려서
향기를 토하게 하고
나무를 칭찬하여
춤추게 하네
길가에서 늙어버린 바위에게
세상 소식을 전하고
하늘 목장의 양 떼를 몰 때는
보더콜리처럼 용맹하네
처녀 뱃사공이 노 젓는 것을
도와주고
산을 오르는 사람들을
밀어주네
하늘이 단풍들 무렵
연인이 앉아있는 벤치에
예쁜 나뭇잎을 떨구네

예쁜 손

가장 정직한 건 손이다
얼굴의 주름은 화장으로 감출 수 있지만
손 등의 주름은 나이테처럼 뚜렷하다
정말 예쁜 손은 섬섬옥수가 아니다
나뭇등걸처럼 거친 손이다
어머니의 손을 자세히 보라
한평생 자식을 위해 봉사한 저 거친 손이
얼마나 아름다운가
잡초 속에 피어난 한 떨기 백합화 같구나
누가 저 거친 손을 추하다 하랴
누가 저 늙은 손을 못났다 하랴.

거목도 쓰러진다

거목도 쓰러진다
세상을 초토화하는 비바람도
구름의 칼집에서 나온 번개 칼도
하늘이 빙빙 도는 목마름도
뿌리까지 얼리는 동장군도
다 이기고
불사의 신처럼 우뚝 솟은 거목도
쓰러지는 날이 온다
거목이 쓰러지면 하늘을 주름잡던 무성한 잎들도
폐지처럼 땅바닥에 처박히고
주변의 작은 나무들도 패잔병처럼 상처를 입는다
쓰러진 거목은 더 이상 거목이 아니다
가난한 새들조차 쓰러진 거목에는 깃들지 않는다.

광대노린재

곤충계의 패션모델
광대노린재는 슬프다
외투가 아름다워서 슬프다
사람들의 눈에 들어서 슬프다
호랑이 가죽을 벗기고
코끼리 이빨을 뽑는
사람의 맘에 들어서 슬프다
호랑이 가죽도 벗기는데
너를 그냥 두겠느냐?
사람에게 잡혀가거든,
아양 떨며 얻어먹지 말고 굶어 죽어라
조상님들이 신맛을 풍기며 순교한 덕에
새의 사냥을 피할 수 있었다
사람에게 잡혀가거든 너도 순교자가 되어라
그래야 후손을 살릴 수 있다
개가 되지 말고 늑대가 되어라
닭이 되지 말고 꿩이 되어라
살려거든 절대 길들지 마라

그러니까 사람이다

새는
우거진 나뭇가지에 깃들고
구름은
높은 산마루에 앉는다
나무가 새를 부르려면
가지가 많아야 하고
산이 구름을 부르려면
다른 산보다 높아야 한다
그러나 사람은
가진 것이 많은 사람에게 가는 것도 아니고
지위가 높은 사람에게 가는 것도 아니다
사람은 사람다운 사람에게 간다
그러니까 사람이다.

알사탕

알사탕을 놓쳤더니 데구루루 굴러 도망간다
태양계의 궤도를 도는 행성처럼 자전과 공전을 한다

매 발톱으로 날쌔게 낚아챘더니 놀란 새의 눈동자가 나를
빤히 바라본다

블랙홀에 빨려 들어가기 싫은 별처럼 애원한다

뱃속에서는 독사가 입맛을 다시며
사정권 안에 있는 개구리를 꿀꺽 삼키려 한다

이 순간 나는 난감하다

개구리와 독사 사이를 똑딱거리는
시계추가 된다.

사랑의 노래

최규학 시집

03

사랑의 노래

기다림

기다리는 것은
올 때까지 서서 견디는 것이다
어머니도 서서
타는 마음을 견디신다
가로수는 길가에 서서 바람을 견디고
갯바위는 바닷가에 서서 파도를 견디고
뒷산은 우두커니 서서 세월을 견딘다
내가 서서 견디는 것처럼
너도 서서 견뎌다오
장미꽃이 필 때
와락 안을 수 있게
그대로 하나 될 수 있게

눈물

눈물은 구두닦이처럼 사랑을 닦는 장인이다
녹슨 동전을 닦듯이
탈색한 사랑의 별에 광을 낸다
사랑의 별을 닦으려면
가득 고인 눈물에 담가놓아야 한다
아침이슬에 감도는 분홍빛처럼
사랑의 별이 영롱하게 빛날 때까지 담가놓아야 한다
사랑이 날아가면 타서 재가 되지만
사랑을 눈물에 담그면 싱싱한 새별이 된다
이미 타서 재가 되어버린 사랑도
거의 탈색된 사랑도
눈물에 잘름잘름 담아 놓으면 다시 빛이 난다
안드로메다 성운에서 모셔 온 새 별이 된다
어떠한 사랑도 눈물의 장인을 만나면
카사노바의 구두처럼 반짝반짝 빛이 난다

별의 비밀

별은 하늘에서 살지 않고
가슴에서 산다

별이 있는 하늘은
하늘이 아니라 가슴이다

바라보면 별이지만
고개를 돌리면
출렁이는 강물이다

헤엄치는 물고기
달리는 짐승
날아다니는 새
키스하는 아담과 이브이다

가슴에서 태어나
가슴에서 살고
가슴에서 지는 별

내 가슴에도
별이 하나 살고 있다

나는 별이 도망가지 못하도록
눈길을 묶는다

설렘과 경이

동산을 날아오르는 새벽 불새의 붉은 눈동자에서
실핏줄이 터져 핏물이 뿜어나오는 것을 바라보는
그 순간

서산에 추락하는 저녁 까마귀의 금빛 날개에
꺼져가는 장작불의 숯검정이 묻는 것을 바라보는
그 순간

꽃 입술에 입 맞추고 있는 엉큼한
이슬방울을 바라보았을 때
두 눈이 휘둥그레지는
그 순간

우연히 하늘의 강에 놓인
무지개다리를 건너는 영혼을 바라보았을 때
가슴이 쿵쾅거리는
그 순간

너를 새롭게 바라보았을 때
너의 눈빛

너의 가슴
태초에서부터 흐르는 시간의 강이 멈춰버리는
그 순간

어머니의 비

하늘의 구름은 한 번 울면
파랗게 사라지는데

어머니의 구름은 한평생을 울어도
까맣게 자리를 지킨다

하늘의 눈물은
목마른 나무의 몸을 적시지만

어머니의 비는
타는 자식의 마음을 적신다

하늘의 눈물을 머금은 나무가
언제나 푸르듯

어머니의 비를 맞은 자식의 마음도
언제나 푸르다.

어머니의 아름다운 욕심

어머니가 받은 하늘의 혜택은
그믐달이었다
어머니의 다른 욕심은
초승달이었다
자식이 밥을 많이 먹기를 바라는 마음은
보름달이었다
무녀리라고 종자 버렸다고
집안 어르신들이 퍼붓던 늑대의 포효
어머니의 자책감은 둥근 호박이었다
남기는데도 어머니는 밥을 고봉으로 펐다
자식의 까마귀 우는 소리에
“내 욕심이다”
한숨짓던 어머니
무녀리 종콩이 콩깍지의 타는 심정을 어찌 알았으랴
등뼈에 불 칼로 새긴 주련柱聯 되어
한평생 업고 산다
하늘에서도 한숨지으실까 봐
밥그릇을 비운다.

사랑의 불꽃

사랑의 온도가 임계점을 넘으면
불꽃이 되어 활활 타오른다

마음이 하나 될 때 점화되고
몸이 하나 될 때 가열되고
영혼이 하나 될 때 사랑의 불꽃이
피어난다

외로움을 태우고
그리움을 익히며
심장을 데운다

사랑의 불꽃이
지극한 온도에 달하면
사랑의 핵융합 반응이 일어난다

사랑의 태양이 만들어지면
사랑의 불꽃은 영원히 꺼지지 않는다
사람은 죽어도 사랑은 남는다.

갠

갠
나를 보면
진달래가 되었다
얼굴이 발그레
마음을
숨기지 못했다

갠
나를 보면
장미가 되었다
장미향이 풀풀
향기를
숨기지 못했다

갠
나를 보면
별이 되었다
눈빛이 반짝반짝
사랑을
숨기지 못했다.

녹지 않는 눈

산비탈 꽃 진 자리 녹지 않는 눈
내 마음 꽃핀 자리 지지 않는 임

양지 편 내린 눈은 눈물 되어 흐르는데
음지 편 내린 눈은 오랜 포옹 즐긴다

사랑 잃고 날개 처진 까마귀야
짝을 찾아 울부짖는 산까치야

산비탈에 녹지 않는 눈을 바라보아라
백의 천사 머문 곳을 바라보아라.

눈빛

나비가 꽃에 끌리는 것은
나비를 바라보는 꽃의 눈빛 때문이다

소나기가 나무에 쏟아지는 것은
구름을 바라보는 나무의 눈빛 때문이다

갈매기가 바다를 떠나지 못하는 것은
갈매기를 바라보는 바다의 눈빛 때문이다

내가 고추잠자리처럼 세상을 맴돌다가도
결국, 너에게 돌아가는 것은

나를 바라보는 너의 눈빛 때문이다.

비상등

내가 만일 등이 되어야 한다면
너를 위한 비상등이 되고 싶다
멀쩡한 무싯날에는 눈뜬장님처럼
물끄러미 바라보기만 하다가
안개 자욱한 날이나 눈보라 몰아치는 겨울밤에는
놀란 신장神將처럼 두 눈 부릅뜨고
깜빡 깜빡
네 갈 길 안내하고 싶다
네 한순간을 위하여 내 모든 순간을 바칠지라도
나는 너의 비상등이 되고 싶다.

사랑 그리움

누군가를 그리워하는 것은
누군가를 사랑하는 것이다
누군가를 그리워하며 낙서를 할 때
그 사람 이름 옆에 사랑한다 쓰지 않느냐
누군가를 그리워하며 길을 걸을 때
다른 사람 얼굴조차 그 사람 얼굴로 보여
깜짝 놀라지 않느냐
누군가를 그리워하며 잠을 잘 때
그 사람이 꿈에 나와서 행복하지 않으냐
꿈에서 깨면 서릿발 같은 외로움이
뼛속까지 찌르지 않느냐
철새는 무엇이 그리워서 저 먼 하늘을 날고
물고기는 무엇이 그리워서
저 깊은 바다를 헤엄치는 것일까
너는 지척에 있는데 나는 왜 네가 그리워서
철새처럼 하늘을 날고
물고기처럼 바다를 헤매는 것이냐.

사랑의 끈

보이지는 않지만
가장 질기고 강한 끈
말미잘의 촉수처럼 갈망하다가
인연을 만나면 연결되는
투명한 끈
한 번 연결되면 절대 끊어지지 않는다
억지로 끊더라도 곧바로 다시 연결된다
저승까지 연결되고
미래까지 이어진다
다른 끈을 다 잡아도 이 끈을 놓으면
살아도 산 것이 아니다
이 끈이 이어져야 심장이 뛴다.

사랑할 수 없어도

사랑할 수 없어도 사랑하라
그것이 답이다

미워서 죽이고 싶을 만큼 미워서
사랑할 수 없어도 사랑하라
그것이 답이다

싫어서 죽고 싶을 만큼 싫어서
사랑할 수 없어도 사랑하라
그것이 답이다

아파서 죽을 만큼 아파서
사랑할 수 없어도 사랑하라
그것이 답이다.

새를 위하여

새를 위하여
나는 한 그루 나무가 되겠다
머리를 들어 구름을 이고
팔을 뻗어 강물을 잡겠다
고단한 날개 쉬어갈 수 있도록
푸른 향기로 장막을 치겠다
내 가슴 깊이 파인 곳에 둥지를 틀면
내 잎은 우산이 되고 양산이 되고
이불이 되고 부채가 될 것이다
자유로운 비상 지켜 줄 수 있다면
내가 대신 벼락을 맞아 죽어도 좋다
나는 죽어서도 서 있는 고목이 되어
새의 돌아갈 곳이 될 것이다
나의 아픈 사랑
나의 새를 위하여

파문

대지에 파문이 일면
산맥이 되고
바다에 파문이 일면
파도가 되고
가슴에 파문이 일면
사랑이 된다
네가 나에게 사랑 돌을 던지면
도레미파솔라시도
피아노 선율처럼
동심원의 파문이 생긴다
내 심장은 물고기처럼 파닥거리고
내 마음의 호수에는
수선화가 방긋 핀다
가끔 나에게 사랑 돌을 던져다오
사랑의 파문이 멈추지 않게
사랑이 끝나지 않게

행복으로 가는 길

행복으로 가는 길은
고속도로가 아니다
구불구불 마을 길이거나
오르락내리락 산길이다
고압선에 전깃불을 켤 수 없고
큰 나무줄기에 열매가 달릴 수 없듯이
거침없이 달리는 탄탄대로로는
행복의 목적지에 도달할 수 없다
행복의 목적지에 닿기 위해서는
반드시 작은 길을 가야 한다
그 여자네 집도
실핏줄 같은 작은 길 끝에
심장처럼 달려있다.

가을 도깨비

기러기가 날아오면
기러기 등을 타고 가을 도깨비가 날아온다

빨간 도깨비 노란 도깨비 갈색 도깨비

가을 도깨비는 예술가이다
도깨비 붓을 휘둘러 산과 들에 그림을 그린다

피카소보다 빨간색으로
고흐보다 노란색으로
찬란한 아픔을 그린다

도깨비 그림을 바라보면 가슴에 멍이 든다
도깨비가 날아가고
도깨비 그림이 지워져도

가슴에 남은 멍은 지워지지 않는다
가슴에 멍든 사랑 지워지지 않듯이

너에게로 가는 다리

나는 너에게로 가는 다리를 놓지 않을 것이다
다리가 놓이면 너에게로 가기 쉽겠지만
사랑이 작아질까 두렵다

너와 나 사이에 다리가 놓인다면 산과 계곡
강과 바다가 사라질 것이다

너는 망망대해의 섬일 때가 좋다
나는 험한 파도를 헤치며
노를 저어갈 것이다

너는 깊은 산 속에 숨어있는
작은 산일 때가 좋다
나는 너를 찾아 높은 산을 넘고
깊은 계곡을 건널 것이다

너에게로 가는 힘든 여정이
오롯이 사랑이 될 것이다

그러므로 나는
너에게로 가는 다리를 놓지 않을 것이다.

기적

이 세상에서 가장 큰 기적은
너와 내가 지금 여기 있다는 것이다

두 다리로 걸을 수 있는 기적이여
너에게로 갈 수 있구나

두 눈으로 볼 수 있는 기적이여
너를 볼 수 있구나

두 귀로 들을 수 있는 기적이여
네 음성을 들을 수 있구나

두 팔로 안을 수 있는 기적이여
너를 안을 수 있구나

눈이 내리는 날

나무와 사람 중에 누가 눈을 더 사랑하는가
사람은 눈을 사랑한다고 말하지만
눈이 오면 비처럼 눈을 피한다

나무는 눈을 사랑한다고 말하지 않아도
눈이 오면 옷처럼 눈을 입는다

눈은 나무와 사람 중에 누구를 더 사랑하는가
사람이 눈을 잡으면 눈물이 되어 차갑게 흐르지만
나무가 눈을 잡으면 꽃이 되어 하얗게 핀다

그래서 눈이 내리는 날
나무에게는 행복이 펄펄 내리고
사람에게는 외로움이 펑펑 쏟아진다.

변신

바람 부는 날의 호숫가 나무 위의 새들은
호수의 물고기가 변신한 것이다

물고기가 새로 변신한 것은
나무들이 벌레를
잡아달라고 부탁했기 때문이다

비 오는 날의 호수 속 물고기들은
나무의 새가 변신한 것이다

새가 물고기로 변신한 것은
호수가 물속의 왈패를
잡아 달라고 부탁했기 때문이다

이렇게 변신하는 것은
호숫가 가족들은 다 아는데 사람들만 모른다

나도 이 사실을 꿈에
호수의 물고기로 변신했다가 알게 되었다

내가 물고기로 변신한 것은 그녀가 호수 속에서 그것을 가져다 달라고 부탁했기 때문이다.

사랑의 노래

최규학 시집

04

장소의 노래

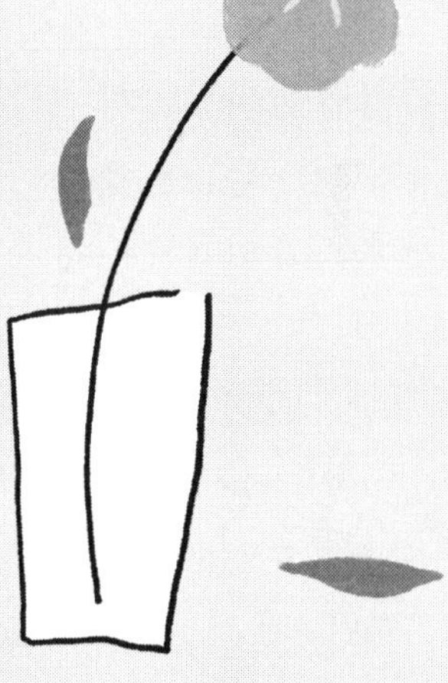

목촌리木村里

썩은 나무다리 건너 목촌리木村里 마을에는
아파도 건강한 나무 가족이 삽니다
참나무 아저씨는 팔이 부러지고
소나무 형은 몸이 파이고
느티나무 할아버지는 내장이 썩고
아카시아 외할머니는 등창이 나고
전나무 아버지는 귀가 찢어지고
오리나무 이모는 관절이 붓고
뽕나무 삼촌은 다리뼈가 삭고
산수유 누나는 어깨가 휘었습니다
멀쩡한 나무는 하나도 없습니다
그러나 놀라운 것은
아파도 아파하는 나무 또한
하나도 없다는 것입니다
참나무 이장에게 이유를 물어보니
아픈 것은 아픈 대로 두고
오로지 살아있다는 사실에 감사하며 살기 때문이랍니다
바위처럼 아파도 아파하지 않고
별처럼 슬퍼도 눈물을 흘리지 않는답니다.

산 풍경

안개가 밀물처럼 밀려오면

작은 산은 보이지 않고
조금 높은 산은 머리만 빼꼼한데
높은 산은 신비롭다
하얀 용을 허리에 두르고 있다

안개가 썰물처럼 쓸려가면

작은 산은 썰렁하고
조금 높은 산은 대수롭지 않은데
높은 산은 우러러보인다
하얀 왕관을 쓰고 있다.

숲속을 보며

숲속은 얽히고 설켰어도
자유롭구나
서로 잡아먹어도
평화롭구나
남이 들어와도
노래를 멈추지 않는구나
곡괭이로 찍고 삽으로 파고
톱으로 잘라서
숲을 망쳐도
바라만 보는구나
새가 볼 때
인간 세상도 그러하리라

여기와 저기

여기에는 돈은 없어도 사랑이 넘치고
저기는 돈은 많아도 미움이 넘친다
여기서는 이웃도 내 식구인데
저기서는 가족도 남이다
여기서는 제비, 나비도 즐거이 춤추는데
저기서는 까마귀가 하늘에서 똥 싸며 곡을 한다
보기에는 빈민가가 지옥이고
부촌이 천국 같은데
실은 거꾸로이다
신은 참으로 공평하다
탐하는 마음에 사막을 만들고
가난한 가슴에 오아시스를 주신다.

요즘 지구

빗물을 먹고 사는 강이
역류성 식도염에 걸려서
비만 오면 토하며 발버둥을 친다

강물을 먹고 사는 바다가
불량식품이 많아서
소화불량으로 트림하면 악취가 심하다

어둠이 빛을 먹는데
암덩이처럼 번지는 빛덩이 때문에
멸종위기에 처했다

세월이 나이를 먹는데
식욕과다로 나이가 거덜 나게 생겼다
다이어트 약인 사랑도 구하기 어려워
아우성이다.

지구의 눈물

얼마나 아팠으면
서방 죽은 여인처럼
저리 슬피 엉엉 울까?

얼마나 속이 탔으면
제 눈물로 제 몸을
하염없이
식히는 것일까?

제 몸에 붙어사는 개미들이
피눈물에 빠져 죽는 것을
알면서도

제살이 벌겋게 무너져 내리는 것을
알면서도

피눈물을 그치지 않는 것일까?

집

어릴 때는 엄마 품속 같았다가
젊을 때는 연인 품속 같고
나이 들어서는 아내 품속 같은 곳

돈을 벌기 위해 사고파는 집은
집이 아니라 물건이다
돈보다 사랑이 앞서야 집이다

집으로 가는 길에는 늘 어머니가
가로등이 되어 서 계신다

엄마 손잡고 가던 집이 그립다.

눈물 호수

이별어, 아픔어, 용서어가 사는 눈물 호수

명산

하나의 큰 산이 꽃피기 위해서는
수많은 작은 산이 꽃봉오리를 세워야 한다
하나의 명산이 밝게 빛나기 위해서는
수많은 큰 산이 등불이 되어야 한다
하나의 명산이 밝게 빛나면
큰길도 오솔길도 명산을 향하고
바람도 해와 달도 떠도는 구름도
명산을 향한다
별들도 명산 위에서 보석처럼 반짝인다
새가 명산을 오르면 봉황이 되고
뱀이 명산을 오르면 용이 되며
사람이 명산을 오르면 신선이 된다
명산은 살아있는 조화옹이다
산기슭의 푸른 나뭇잎이 용의 비늘처럼 반짝이거나
봉황의 깃털처럼 나부끼면
그 산은 명산이다.

산에 문학이 있다

소나무 소설
참나무 수필
자작나무 시
바위 시조

토끼가 소설을 쓰고
산까치가 수필을 쓰고
꾀꼬리가 자작시 낭송을 하고
멧비둘기가 시조를 읊는다

산에 있는 것들은
모두가 문학이다.

충의사 태극기를 바라보며

천지를 향하여 날아가려나
태극기가 대붕의 날개처럼 펄럭인다
깃대가 이륙하는 비행기처럼 흔들거린다
하늘에서 구름이 출렁거리고
땅에서 나무들이 휘청거린다
덕산고을을 넘어
삼천리가 흔들거린다

도시락 하나 들고
물통 하나 메고
구만리 창천에 올라
김구 선생님을 만나 뵙고
어지러운 세상을 구하려나

한 여섯 달쯤
날개를 저어
한라에서 백두까지 돌아보려나

충의사 태극기는
윤봉길이 되어

윤봉길의 혼불이 되어
날아가서 어지러운 세상을 구하려는 듯
이글거린다.

그 바다에 가고 싶다

그 바다에 가고 싶다
그 바다에 가서 거대한 푸른 심장을 보고 싶다
불 달은 햇살이 독 가시처럼 찔러도
차가운 빗방울이 쇠구슬처럼 때려도
천둥 벼락이 칼춤을 추어도
죽지 않고 벌떡거리는 불멸의 심장을 보고 싶다

그 바다에 가고 싶다
그 바다에 가서 짜릿한 엄마 냄새를 맡고 싶다
엄마 뱃속에서 세상모르고 자고 있을 때
해수 찜질하며 맡았던 그 원초적 사랑 냄새를 맡고 싶다
강물이 오염된 몸을 닦고 바람이 먼지 폭탄을 터뜨려도
영원히 변치 않는 그 냄새를 맡고 싶다

그 바다에 가고 싶다
그 바다에 가서 꽃잎처럼 흩날리는 갈매기들을 보고 싶다
꽃잎은 땅에 떨어져 사라지는데 갈매기는 바다에 떨어져도
물고기를 물고 다시 날아오른다.
떨어져도 죽지 않는 그 갈매기들의 위대한 비상을 보고 싶다

높은 산봉우리

높은 산봉우리가 위대한 것은
그저 높아서가 아니다
높은 것 외에는 아무것도 가지지 않기 때문이다
천둥소리에 놀라 허둥대지 않고
벼락을 두려워하지 않기 때문이다
시샘이 많은 바람 신이 회초리 같은 머리칼을 흩날리며
끊임없이 할퀴어도 평정심을 잃지 않기 때문이다
붉은 대지를 딛고 일어선 꽃대처럼
광막한 허공에서 홀로 꼿꼿하기 때문이다

이정표

하늘에도 땅에도 사람 사는 세상에도
이정표가 있다
억새는 바람의 이정표가 되고
북극성은 별들의 이정표가 되고
바르게 사는 사람은 혼란한 세상의 이정표가 된다
가짜 이정표가 진짜 이정표보다 더 빛나는 세상에서
진짜 이정표를 보는 눈이 없다면
어찌 별빛 같은 인생을 꿈꿀 수 있으랴

합곡리 수채화

내 고향 합곡리엔 강이 있었지
강 속에 물고기들 가득하였고
강둑엔 누렁소가 풀을 뜯었지

내 고향 합곡리엔 산이 있었지
산속에 산짐승들 우글거렸고
산길엔 지게꾼이 줄을 이었지

내 고향 합곡리엔 들이 있었지
논에서 푸른 벼가 가득 자라고
참게가 엉금엉금 기어 다녔지

내 고향 합곡리엔 임이 있었지
달님도 별님도 잠 못 드는 밤
뒷산에 소쩍새가 슬피 울었지

백마장강

백마장강 푸르나니
부소산 소나무처럼 푸르나니
계백장군 날 선 칼날처럼 푸르나니

백마장강 푸른 물은 흘러 흘러서 가나니
천정대에서 반조원까지
용을 싣고 가나니 임을 싣고 가나니
천년을 흘러서 가나니

당나라 더러운 때
대백제 숭고한 피
씻으며 씻으며 가나니
천년을 씻으며 가나니

백제의 떠나간 사람
백마장강 그리워
밤하늘 별 되어 안기나니
천년을 안겨도 잠들 줄 모르나니

가을 들판

가을 들판을 거닐어 보면
갓 구운 빵 냄새가 난다

놀놀하게 익는 모습 꽃보다 아름답다

코스모스 꽃잎으로 고명을 올리고
들국화도 뿌려 놓았다

이슬로 적시고 빗물로 닦아서
볕으로 익히고 빛으로 식히며

누렇게 구워내는
솜씨 놀랍다

이 넓은 빵틀에 불도 없이 익게 하고
색소도 없이 물들게 하다니

네 사랑 솜씨 같구나.

남전산방의 저녁

소나무 숲 작은 식당
해 저물어 쌀쌀한데

봄비 속에
아련히 피어나는
밥 짓는 연기 정겨워라

마당 가 자라던 머위는 밥상에
봄 향기를 전하고

삼십 년 머금은 소금에 곰삭은 김치는
맛의 예술이구나

젊은 음악가의 사랑은
피아노 리듬 되어 흐르고

노신사 바이올린 연주는
지난 사랑을 아쉬워하는데

주인 아낙네 저도 모르게 부르는 노래
구슬 펴라

절정의 플루트 연주에 한동안 숨이 멎고
단아한 여인 살포시 일어나 부르는
사랑 노래 간절하구나

봄비에 풀잎 젖듯 마음 젖는구나
하염없이 젖어 드는구나

사랑을 잊어버린 사람 밥을 먹다가 사랑을 먹고
연주를 듣다가 사랑을 듣는구나

노래 속에서 사랑을 찾는구나
남전산방의 저녁 오래 잊지 못하리

등대에게

당신을 보면 그 노인이 생각난다오
벌건 대낮에 등불을 들고 사람을 찾던
그 거룩한 노인 말이오

당신도 그 노인처럼 등불을 들고
배를 찾고 있지 않소

그 노인은 참사람을 찾았는데
당신은 어둠 속에 길 잃은 배를 찾는구려

검은 물결 하이에나
킁킁대며 달려들고

파도 소리 인어의 노래
애간장을 녹여도

당신은 엄마 등불 들고
아기 배를 기다리는구려

당신을 더 존경하오
당신에게 큰절을 올리겠소
그러면 오늘 밤에도 수고하시오.

고려청자

불사조처럼 불 속에서 살아 나왔구나
천년이 지나도 늙지 않는구나

파르스름한 색 속에 담겨있는 영롱한 빛은
불멸의 영혼이겠지

어떤 위대한 화가가 네 표정을 그리랴
어떤 위대한 시인이 네 영혼을 말하랴

밥그릇이 아름다워도 밥그릇이고
물그릇이 빼어나도 물그릇인데

너는 그릇이지만 그릇이 아니구나
우주를 담은 블랙홀처럼 고려 천년을 담았구나

눈물 난다야
너만 보면

오어사

절 옆 냇물 속에 사는 물고기는
밤에도 깨어 있는데

절에 오가는 사람들은
낮에도 깨어 있지 못하는구나

너는 똥이요 나는 물고기다
해공 스님 하신 말씀 허투루 듣지 말지니

사람이 물고기를 잡아먹을 수 있으나
물고기처럼 치열하게 살 수 없음이라

나는 오늘 오어사에 갔다가
내가 똥인지 물고기인지 생각해보고
화들짝 깨었다.

커피집 간판

알파벳과 기호가 아무렇게나 쓰여 있다

천국의 암호
불멸의 시

의미는 없을지라도
모양은 아름다운 예술작품이다

뜻이 있어야 아름다운 것은 아니다
뜻이 없어도 아름다울 수 있다

삼라만상은 존재만으로
충분히 아름다운 것이다

아무렇게나 써놓은 커피집 간판이
바로 우주의 비밀이요 진리다

무언가 쓰여있는 것에는
의미가 있고
신의 뜻이 있다.

성근 소나무 숲

성근 소나무 숲
기어가는 뱀
등줄기가 흠뻑 젖는다
온몸을 다하여
온 힘을 다하여
앞으로 나아가도
황조롱이 검은 그림자를 피할 수 없다
울창한 참나무 숲 지날 때가 그립다
거기서는 몸은 어려워도 맘은 편했다
여기서는 몸은 편해도 맘은 불안하다
두 가지를 다 가질 수 없다
둘 중 하나는 포기해야 한다
뱀이 승천하고 나니
쫓는 황조롱이도 도망치는 뱀도 보이지 않는다
언제 그랬냐는 듯
조용하다.

사랑의 노래

최규학 시집

<해설>

사랑과 치유의 노래

- 최규학 시인의 시와 시학 -

최건수(교육학박사)

<해설>

사랑과 치유의 노래

- 최규학 시인의 시와 시학 -

최건수(교육학박사)

1. 들어가기

시인은 존재의 진리를 발견하는 사람이다. 물론 시에서의 진리는 아름다움이다. 존재의 진리와 차별하기 위하여 하이데거는 기준을 제시하였다. 그 예술적 아름다움은 바로 신성스러움이라는 것이다. 다시 말해 '시인은 성스러움을 이름하고, 철학자는 존재를 말한다'는 것이다. 하이데거에 의하면, 성스럽다는 말은 신 혹은 종교적인 의미로서의 그것이 아니다. 그러므로 성스럽다는 차원에서 김소월 시인의 시혼을 해석할 수도 있다. 시혼이란 예술로 표현된 영혼이기 때문이다. 그에 의하면, 우리에게는 우리의 몸보다도 맘보다도 더욱 우리에게 각자의 그림자 같이 가깝고 각자에게 있는 그림자 같이 반듯한 각자의 영혼이 있다. 그는 영혼의 표상으로 세 가지를 들었다. 높게 느끼고 깨닫는 힘, 진동을 울리는 악기, 모든 물건을 비치는 거울 등은 시혼의 표상이라면 표상이라 할 수 있다는 것이다. 최규학 시인도 이들과 한가지로 심령의 시학을 가지고 있다.

> …… 저는 철학이나 과학이 아니라 마음으로 가치 있는 내용을 언어로 형상화하는 시인의 입장에서 생각합니다. 육안과 뇌안의 입장이 아니라 심안과 영안의 입장에서 대상을 바라보고자 합니다.

김소월은 시혼과 음영을 구분하고, 시작품에는 시혼이 직접 이식되지 않으며 시혼에 나타나는 음영이 시혼을 대신하여 나타낸다고 보았다. 최규학 시인은 달을 좋아해 이것에 천착해 왔다. 시혼에 나타난 달의 음영(혹은 그림자)을 발견하여 '달그림자', '호수에 빠진 달'이라는 시조작품들을 발표한 바 있다. 시혼은 영원하고 절대적인 하나의 형체를 가지지만 그의 그것에는 시간과 공간에 따라 다른 음영이 나타난다. 그때그때 또는 어떤 상황이나 환경에서 음영이나 느낌이 달라지더라도 그 자신의 시혼은 변환되지 않는다. 지금껏 최규학 시인의 시작품 '인생의 노래'를 내러티브 기법에서 분석도 하고, '호수에 빠진 달'을 존재철학의 입장에서 감상을 해 보았다. 그러나 이번에 그가 심혈을 기울인 시작품 '사랑의 노래'에서는 성스러운 시혼과 음영의 관계를 새롭게 들여다보려고 한다.

최시인은 존재적인 예술작품, 존재하는 시작품, 언어의 집을 짓기 위해 창작한다고 생각한다. 다만 유명한 작품만을 지향하여 창작하려는 것은 아니다. 작품 속으로 진리를 넣기 위해, 음영의 성향에 따라 그는 영혼을 대응시켜 나가려 한다. 이러한 그의 시작詩作은 바로 김소월이 말한 바의 그 행위 즉, 영혼에 나타나는 음영을 밖으로 끄집어 내놓는 일이다. 하이데거는 '시는 언어에 의한 존재의 건설이다'라고 말하고 있듯이, 우리의 의식은 언어를 통해서만 존재를 만날 수 있다. 그렇다. 진리의 작품 속에서만이 시혼이 정립되는 것이다. 바꿔 말하면, 시혼의 음영을 밖으로 끄집어내어 나르기 위하여 그만의 특유한 시언어를 사용하는 것이다. 서정적인 감정과 느낌의 정조, 음율 그리고 다양한 비유의 형상화를 통해 창작행위를 한다. 이렇게 떼어낸 음영은 성스러운 시혼이 드러난 것이기 때문에 그의 시는 미적 가치가 있는 존재적 작품으로 될 소지가 충분하다고 생각한다.

달은 본체에 있어서 변하지 않지만 그래도 어떤 때에는 시시각각 변환된다. 이점에서 김소월은 달과 시인의 영혼은 같다고 말하면 같다고 할 수 있겠지만, 때때로 변환하는 달과 달리 영혼은 절대로 완전한 영원의 존재며 불변의 형체라고 말한다. 그렇기 때문에 최시인은 떼어낸 음영을 다시 가져다가 그 음영의 물체 자체가 아니라 그 보다 더 불변하는 자신의 시혼에까지 이어준다. 예를 들어, 그는 '낙파落波'라는 시호를 자신의 이름 앞에 붙이고 있는 데, 이것은 바다의 떨어진 파도(음영)의 자유로운 성향에 그것을 사랑하는 자신의 시혼을 관계시킨 것임을 여실히 보여주고 있음이다.

여기서 주목할 점은 시인의 말함 보다 앞서서 시혼이 그에게 계시(말)한다는 것과 또한 시인은 그 계시를 뒤따라 말한다고 보아야 한다는 점이다. 그러니까 시혼의 말이 말하는 것이 곧 시라고 볼 수 있는 것이다. 그러나 먼저 시인에게 '낙파'라는 일반적인 언어가 있어서 그것을 가지고 기계적으로 영혼에 이름을 붙일 수는 없다. 왜냐하면, 먼 바다의 높게 파도치는 자유로운 성향의 음영을 보라고 하는 듯이 영혼이 눈짓을 보내더라도 시인이 이것을 알아차리기 전 까지는 시작 행위가 가능하지 않기 때문이다. 시인이 그 눈짓을 알아차리는 바로 그때 비로소 시인은 그림의 이미지를 잡고 거기에 철썩 떨어지는 음향 소리를 넣는 동시에 희고 검푸른 색채도 입힐 수 있는 것이다. 그러므로 막 감상하려고 하는 최시인의 '사랑의 노래'에 있어서는 다른 무엇보다도 시혼의 눈짓이라는 성스러움의 여러 차원에 대해 깊이 있는 이해가 필요하다 할 것이다.

하이데거는 성스러움의 차원으로 작용성(치유), 은닉성(숨김), 개방성(열림), 전체성(온전성) 등 네 가지를 제시하였다. 먼저 시혼이 시인에게 속삭여 주어야 한다. '사랑의 노래'는 꽃, 인생, 사랑, 장소 등 네 부분으로 구성되어 있는 데, 시인은 모두 다 '노래'라고 이름 함으로써 시혼이 자신에게 속삭임을 주어 슬픔과 노여움을 위로하고, 기쁨과 즐거움을 느낄 수 있도록 하였다. 이것은 시인 자신은 물론 감상하는 이에게도 치유의 작용을 한다는 특징을 가리키는 것이다.

다음에 시혼은 숨겨져 있기 때문에 음영을 떼어서 밖으로 내어나르기 위해서는 시인이 그 안으로 들어가야 한다. 또한 시혼으로부터 떼어내어 나른 다음에는 신성스러움의 음영을 그 성향에 맞갖는 시혼에까지 이어주어야 한다. 이것은 '낙파'의 음영이 계시하는 자유로운 성향이 시혼의 그것에 대한 사랑과 이어진 것으로서 은닉성에 해당한다. 또한 성스러움은 열려 있어야 한다. 시혼의 눈짓을 받기 위해서 시혼이 시인에게 들어가는 동시에 시인도 시혼 속으로 들어가야 한다. 그럼으로써 음영의 내어 나름과 이어줌이 가능하다. 최시인의 '달그림자'에서 시혼의 올곧음을 백색(음영)의 감각적 이미저리를 통해 부각시키고 있다고 평한 홍문표 교수의 관점은 개방성의 특징과 연결되는 것이다.

그리고 마지막으로 온전성이란 특징이 있다. 이것은 존재가 위기에 처해서도 깨어지거나 바뀌지 않는다는 의미의 성스러움이다. 최시인의 '호수에 빠진 달'은 '달그림자'와 마찬가지로 달이 물에 비친 모습이지만은 달의 음영을 보다 더 깊이 있게 끄집어내고 있다. 동시에 자기 시혼의 온전함을 내비치는 것이라고 느껴진다. '호수에 빠진 달'은 '달그림자'로부터 음영이 변환된 것 같이 보인다. 분명히 그렇기는 하지만 본체로서의 시혼은 완전하고 전체적이며 근원적인 모습으로 언제나 그 자리에 머물러있다. 예를 들어, 달이 호수에 빠지는 위기에 처한다. 여기서 위기란 시인이 자신의 시혼을 망각한다는 의미이다. 달은 그럼에도 불구하고 물에도 젖지 않고, 죽지도 않는다. 더욱이 호수 속에 들어가 가로등이 되어 연화세계를 환하게 밝힌다. 그럼으로써 시인은 자신의 올곧음을 더욱 전체적으로 완벽하게 구축해 나가고 있다.

지금까지 하이데거의 성스러움의 차원들로부터 김소월의 시혼과 음영이 재해석 될 수 있음을 간단하게나마 전개해 보았다. 그러면 이제부터 '사랑의 노래'에서 성스러운 시혼과 음영의 관계 지음을 시인이 어떻게 창작해 나가는지를 각각으로 존립하는 시를 중심으로 자세히 들여다본다. 먼저 각개의 시에서 시혼의 음영을 살펴본다. 그 음영의 성향에 따라 성스러움(혹은 시혼)의 네 가지 차원 ,즉 전체성, 개방성, 은닉성 그리고 작용성 등을 차례로 대응시켜 가면서 시를 감상하기로 한다.

2. 시혼(성스러움)의 차원

1) 전체성(온전성)

썩은 나무다리 건너 목촌리木村里 마을에는
아파도 건강한 나무 가족이 삽니다
참나무 아저씨는 팔이 부러지고
소나무 형은 몸이 파이고
느티나무 할아버지는 내장이 썩고
아카시아 외할머니는 등창이 나고
전나무 아버지는 귀가 찢어지고
오리나무 이모는 관절이 붓고
뽕나무 삼촌은 다리뼈가 삭고
산수유 누나는 어깨가 휘었습니다
멀쩡한 나무는 하나도 없습니다
그러나 놀라운 것은
아파도 아파하는 나무 또한
하나도 없다는 것입니다
참나무 이장에게 이유를 물어보니
아픈 것은 아픈 대로 두고
오로지 살아있다는 사실에 감사하며 살기 때문이랍니다
바위처럼 아파도 아파하지 않고
별처럼 슬퍼도 눈물을 흘리지 않는답니다.

-「목촌리木村里」

시인은 참나무 이장이 건네는 말을 듣고 그것을 태연하게 자신의 말로 독자에게 전하고 있다. '목촌리'는 마치 여러 나무가 사는 마을에 시인이 방문한 것과 같은 광경의 음영이다. '썩은 나무다리'는 시혼이 개방되어 있어 그 안으로 시인이 들어갈 수 있도록 하며, 또한 음영을 시어에 실어 내어 나르도록 하는 상징성을 가진 낱말이다. 그런 점에서 시의 소재는 나무들과 산골 동네이지만, 테에마는 병이라는 위험에 처해서도 영혼은 온전히 살아있다는 지혜를 깨닫도록 하려는 것이다. 시의 모티브로는 아마도 병이 나무들에게 해악을 끼치는 것처럼 직접 경험한 자신의 아픔이 이 시를 짓게 된 계기가 되었을 수도 있다. 그런데 시인은 '목촌리'라는 장소에서 영혼이 떠나간 흔적을 발견한다. 이 흔적은 시혼에 나타난 '목천리' 음영의 보다 구체적인 특징이라고 말할 수 있다.

'아파도 아파하는 나무 또한/ 하나도 없다는 것입니다/ 참나무 이장에게 이유를 물어 보니/ 아픈 것은 아픈 대로 두고/ 오로지 살아 있다는 사실에 감사하며 살기 때문이랍니다.' 이 귀절들은 시인이 전달하고자 하는 시의 내용의 정점으로서 이로부터 모티브와 테마가 갈라진다. 무엇보다도 시의 내용은 성스런 영혼이 떠나간 흔적의 음영을 강하게 전달하는 데 있다는 것이다. 떠나간 영혼의 흔적은 성스런 영혼의 전체성의 차원의 특징을 나타내고 있다. 왜냐하면 목천리의 나무 주민들은 살아 있다는 사실에 감사하며 살아야겠다는 미래의 비전을 가지고 있으며, 또한 과거에 병의 해악이 끼친 아픔을 망각하지 않고 아픔을 아픈 대로 그대로 두고 있다. 즉 아픔을 성스러움이 떠나며 남기는 흔적으로 기억한다. 그리고 주민들은 미래와 과거를 연결함으로써 오히려 살아 있는 현재에 그들은 감사하고 있기 때문이다. 요컨대 그들의 영혼은 '미래-과거-현재'라는 실존적 시간성 속에서 전체적이며 온전하게 남아 있게 되는 것이다.

목촌리 참나무 이장의 말을 건네 듣는 순간 시인은 과거를 망각한 자신의 시혼이 아직도 제자리에 머물고 있음을 비로소 깨닫는다. 시혼은 마르지 않는 샘물의 근원에 비유할 수 있다. 시인은 병의 해악으로부터 시혼을 망각하는 위기에 처했었다. 그러나 망각을 했을 뿐 시혼이 완전히 떠나간 것은 아니었다. 그는 이장의 말을 듣고 그의 망각 때문에 떠나간 영혼의흔적을 비로소 깨닫는 것이다. 미래에 살고자 하는 의지와 비전이 생기자 또한 과거의 시혼을 망각의 바다에서 다시 인양할 힘이 생기고, 그럼으로써 시인은 지금 이 순간 시혼이 건네는 말을 들을 수 있음에 감사한다. 또한 '아파도 건강한 가족이 산다'는 귀절은 시혼이 치유하는 작용까지 하고 있는 것을 보여주고 있다. 이와 같이 시혼의 성스로움은 각자 각개적으로만 존재하는 것이 아니라 서로 주고받음의 관계임을 알 수 있다.

2) 개방성(들어감과 내어 나름)

너는
푸른 파도 속에서 솟아오르는
하얀 분수
구름도 은근 내려다보고
까치도 흘깃 바라다보고
토끼도 멈칫 올려다보지만
아닌 척 바라보는
내 눈길이 가장 뜨겁다.

-「자작나무」

존재 가능성이 제로(0)가 아닌 물체는 그 나름대로 시혼에 들어 설 수 있다. 자작나무는 시인의 영혼에 음영으로 나타남으로써 존재의 대열에 들어선다. 자작나무 음영의 한복판을 헤치고 들어간 시인은 영혼의 눈짓을 건네받는다. 시인은 자작나무의 음영을 '하얀 분수'라는 낱말을 통해 밖으로 끄집어내어 나른다. 시인은 시혼의 눈짓에 굴종하지만 그것은 열등감의 형식이 아니다. 왜냐하면, 시인은 자작나무의 음영을 자기의 시혼에 관계 지음으로써 능동적으로 시혼을 확충시키고 있기 때문이다. 다시 말해, 시인은 흰 자작나무를 보고 그것을 시 속에서 하얀 분수로 재현하고 있다. 이러한 시적 이미저리는 시혼이 음영의 흰색 감각을 보라고 시인에게 호소하는 것인 동시에 시인이 이것을 알아채고 상상적 세계를 더욱 투명하게 확대해 나가도록 도움을 주고 있다.

3) 은닉성(숨김)

기다리는 것은
올 때까지 서서 견디는 것이다
어머니도 서서
타는 마음을 견디신다
가로수는 길가에 서서 바람을 견디고
갯바위는 바닷가에 서서 파도를 견디고
뒷산은 우두커니 서서 세월을 견딘다
내가 서서 견디는 것처럼
너도 서서 견뎌다오
장미꽃이 필 때에
와락 안을 수 있게
그대로 하나 될 수 있게

-「기다림」

시혼은 영원한 절대적인 하나의 존재이다. '너와 나'는 대립적으로 하나가 된다. 장미꽃은 대지의 힘에 의해 개화된다. 고로

대지와 장미는 하나이다. 가로수, 갯바위, 뒷산은 대지이다. 대지는 어머니처럼 인간 본질의 고향이다. 고로 모든 것들은 하나의 전체로서 존재한다. 시혼은 모든 것이 나타날 수 있게 비추는 거울이며, 모든 것의 소리에 반향과 공명을 내는 악기이고, 모든 것을 더 높게 보고 깨닫도록 하는 성스러운 힘이다. 그렇기 때문에 나는 시혼이고 너는 음영일 수 있다.

기다림의 음영이 시인의 영혼에 갑자기 나타났다. 시혼이 음영을 선택한 것이 아니라, 기다림이 시혼을 선택하였다. 숨겨져 있던 기다림의 음영이 시인 앞에 불현 듯 나타나게 된다. 갑작스럽게 나타나는 기다림의 음영은 그래서 경이로운 광경이 아닐 수 없다. 그러나 사실은 갑작스런 일이 아니다. 시인이 일평생을 견딜 때 기다림 그 자체와 만날 수 있기 때문이다. 여기서 기다림은 시인의 너가 된다. '나와 너'가 만나 비로소 하나의 시작품이 완성된다. 그 시는 시인 자체이다. 즉 시인은 다른 어떤 것이 되려고 하기보다 다만 시인으로서, 참되고 올곧은 시혼을 작품에서 제대로 보이겠다는 의지와 열정을 가져야 한다. 가깝게는 부여에서 참다운 시혼을 지닌 시인으로 거듭나야 하는 것이다. 결국 '기다림'의 음영은 시인의 의지와 열정을 가리킨다. 홍문표 교수는 최시인의 시를 평하면서 부여의 시인으로서 '큰 바위 얼굴'이 될 사람을 기다린다고 한 데에는 시인의 이런 점을 높이 평한 것이 아닌가 한다.

4) 작용성(치유)

어머니는 눈물로 말씀하셨다
한평생 울고 울다가

짠 내 가득한
소금 한 덩이 놓고 가셨다
내 몸이 굴비 되라고
내 삶이 썩지 말라고

-「어머니」

시혼은 직접 작품에 이식되는 것이 아니다. 시혼은 음영으로만 나타난다. 시혼이 음영이 나타났음을 눈짓할 때 시인은 그것을 낱말로 옮겨야 한다. 그러나 시혼의 음성은 사람의 귀뿔로는 들을 수 없다. 하지만 성실히 경청할 때 그 음성은 속삭이며 말을 건네 온다. 시혼의 음성이 음영을 말로 건네주는 것이다. 시인은 시혼의 말에 응답하여 대답한다. 시혼의 말에 뒤따라 말하는 것이 시어이다. 시인은 말하기 전에 먼저 시혼으로 하여금 늘 다시 말 건네줄 것을 요구한다. 그는 들음에 대해 응답 할 뿐이기 때문이다. 그러므로 시혼의 말이 말을 하게 한다고 볼 수 있다. 시인은 자기 말을 하는 것이 아니다. 자기가 말하기 위해선 어머니의 음영에 대한 시혼의 눈짓에 유의하여야 한다. 눈물, 짠 내, 굴비, 소금은 어머니의 음영이다. 시인은 어머니의 음영의 성향에 맞갖는 것으로 자신의 올곧은 영혼을 대응시킨다. 말하자면, 시인은 썩지 않는 영혼의 낱말로 시를 짓고자 하는 것이다. 어머니의 음영을 전달하는 시혼은 시인이 썩지 않도록 치유의 작용을 한다고 볼 수 있다.

다음에는 시인이 심혈을 기울여 창작한 '사랑의 노래'의 시들을 자유스럽게 감상하기로 하자. 여기서는 특히 음영을 실어 나르기 위해 거기에 맞갖게 어떠한 싯말 들을 사용하는지에 대해서도 유의해 보기로 하자. 그만의 정조와 색감, 음률 그리고 이미지를 지닌 날말을 통해 어떻게 시혼과 음영에 색칠하고, 또는 소리를 넣고, 그것을 은유와 상징으로 형상화해 나가는지를 알아보자.

3. 사랑과 치유의 음영(싯말)

이건 아니지
설날인데
전깃줄에 까치 음표 하나
걸려있지 않고

마을의 대동맥은 부르터서
꼬까옷 입은 적혈구 하나
흐르지 않네

오두막은 대궐로 변하고
철새 날던 들에는 비닐하우스
마당에는 고급 차가 그르렁거리는데

우리 엄마 해소 기침 소리 까마득하고
우리 외삼촌 세상 걱정하는 소리 그립구나
반가워 멍멍 짖던 누렁이는 어디 갔는가

부모님 성묫길에
만나는 사람조차 없으니
시든 억새꽃처럼 외로운 것은
냉골에 방치된 독거노인만이 아니네

이건 아니지 정말
이건 아니지

-「이건 아니지」

설날은 그때까지 까치까치 설날, 귀향, 가족 추모, 성묘 가는 날 등 일반적인 낱말 안에 옥잡아 매여 있다. 그러나 연못에서 도끼를 주어 올리듯, 낱말을 주어 올리는 산신령은 더 이상 바닥에는 낱말이 없다고 말한다. 그 순간 시인은 그래도 '이건 아니지'라고 응답한다. 설날이라는 말 안에서는 더 이상 진리의 낱말을 발견할 수 없다. 할 수 없이 시인은 설날의 음영에 대해 관계지었던 낡은 낱말들을 포기한다. 이때 어디선가 속삭여 오는 '인생의 노래'에 시인은 귀 기울인다. 그것은 곧 '이건 아니지' 하고 눈짓해 오는 올곧은 시혼이었다. 외로움, 그리움, 낯 설음 등은 설날의 변환된 모습의 음영이다. 시인은 '이건 아니지'를 그 음영에 관계 지음으로써 비로소 설날은 새로운 역사적인 낱말로 이름 하게 된다. 그래서 '이건 아니지'는 시인의 시혼 곧 성스러움의 특징을 상징한다.

제각기 별이 되어 태어나는 꽃
아름답지 않은 꽃은 눈뜨지 않는다
진정 아름답기에 아름답다고 주장하지 않는다
사랑을 먹고 살기에 곳간을 채우지 않는다
나비의 요구를 거절하지 않고
바람이 불어와도 찡그리지 않고
살점을 뜯어먹는 벌레에게도 향기를 묻혀준다
아름다움을 결정하는 것은
색깔이 아니다
키도 아니요, 덩치도 아니다
아름다움을 결정하는 것은
순서가 아니다
일등도 없고 중간도 없고 꼴등도 없다

짧은 생애
별처럼 피어나서 눈 몇 번 깜빡거리다가
아무 미련 없이
별똥별처럼 눈물 한 방울로 지는 것
그것이 꽃이다.

-「그것이 꽃이다」

사실 아름답지 않은 꽃도 핀다고 말하는 사람도 있을 것이다. 그러나 시인은 이 상식을 낯설게 한다. 꽃은 아름다움에서 시작되고 태어나며, 아름답지 않은 것은 처음부터 시작하지 않는다고 시인은 주장한다. 왜냐하면, 처음 시작한다는 것은 언제나 가장 아름다운 미를 상실하지 않기 때문이라는 것이다. 하이데거는 그래서 아름다움을 시작-유지-끝의 과정으로 종결짓는다. 이러한 과정은 '그것이 꽃이다'에서 그대로 반복된다. 먼저 아름다움에서 꽃이 시작되고, 다음에 아름다움을 반복하는 데서 꽃으로 유지된다. 즉, 꽃의 향기나 찡그리지 않고 자신을 내어줌 등은 아름다움을 계속하는 행위이다. 그리고 마지막으로 꽃은 아름다움의 한계 내에서만 아름다운 별똥별로 끝나는 것이라고 시인은 말한다.

그러나 상식적인 사람과 평범한 사람만이 아름다운 꽃은 한없이 지속된다고 생각할 뿐 아니라 그 지속을 영원한 것과 동일시한다. 또한 상식적인 사람은 아름다움의 목적과 목표를 말하지만 시인은 아름다움의 끝을 말한다. 그러나 끝이란 진행이 멈춰 그쳐버리고 말았다는 부정적인 의미가 아니다. 꽃의 음영이 차이가 생기는 것은 바로 이 부분이다. 끝에는 시인의 시혼이 우뚝 서는 시작과 유지 그리고 시혼의 완결이란 의미로서의 종료가 모두 다 함께 포함된다. 그렇기 때문에 이 시에서는 자기 시혼의 본체를 아름다움의 한계 안에서 더욱 보존하겠다는 시인의 의지를 엿 볼 수 있는 것이다. 상식적인 사람은 음영을 본체인 줄로 잘못 보기 쉽다. 그러므로 '이것이 꽃이다'는 한학에 조예 깊은 시인이 유시유종有始有終의 의미를 참되고 신선하게 재해석함으로서 독자의 심미안을 넓혀 주고 있는 것이다.

어머니가 받은 하늘의 혜택은
그믐달이었다
어머니의 다른 욕심은
초승달이었다
자식이 밥을 많이 먹기를 바라는 마음은
보름달이었다
무녀리라고 종자 버렸다고
집안 어르신들이 퍼붓던 늑대의 포효
어머니의 자책감은 둥근 호박이었다
남기는데도 어머니는 밥을 고봉으로 펐다.
자식의 까마귀 우는 소리에
"내 욕심이다"
한숨짓던 어머니
무녀리 종콩이 콩깍지의 타는 심정을 어찌 알았으랴
등뼈에 불 칼로 새긴 주련柱聯 되어
한평생 업고 산다
하늘에서도 한숨지으실까 봐
밥그릇을 비운다.

-「어머니의 아름다운 욕심」

추석날 축제의 보름달은 네 가지가 포개져 겹쳐진 것이다. 하늘의 보름달 빛, 고봉밥 쌀을 키우는 땅의 기운, 어머니의 욕심, 그리고 이것들을 하나로 모으는 성스런 힘 즉 시혼이다. 어머니와

집안 어른들은 초승달, 보름달, 그믐달의 우열을 비교하고 있다. 물론 집안 어른들이 생각하는 보름달과 어머니의 그것과는 차원이 다르다. 집안어른들은 음영을 본체로 보고 있지만, 어머니는 보름달의 음영은 다양하게 변환하더라도 그 본체인 달의 형체는 영원하고 절대적이며 완전하다는 인식을 어머니는 가지고 있기 때문이다. 그래서 어머니의 보름달 욕심은 집안 어른들의 그것과 다른 것 같지 않아 보이지만, 어머니의 보름달은 영원하고 성스러움이 담긴 온전한 인간이 되라는 요청을 상징하고 있는 것이다. 아들은 어머니의 요청에 다음과 같이 응답한다. 훌륭한 시인은 감상하는 이로 하여금 스스로 시를 짓게 하게 만들기도 한다.

아들!
너는 반드시 보름달이 되어야 해
내가 그렇게 되리라 믿고 있으니까
어머니!
저는 고봉밥을 다 비우겠습니다
보름달이 되는 것은 저의 의무이니까요

시를 감상할 때에 감상하는 이의 심미안에 따라 초승달, 보름달, 그믐달의 음영에 우열이 있을 수 있다. 하지만 김소월에 의하면, 시혼의 본체에는 우열이 있을 수 없다고 한다. 시인 역시 보름달의 음영을 보다 높은 가치로 받아들이는 것은 시혼의 형체는 아무리 음영이 바뀌더라도 변환하지 않고 온전한 전체성으로 있음을 깨닫고 있기 때문일 것이다.

관세음보살처럼 서 있는
가로수

지나가는 사람들을
달빛 눈으로 바라보면서
가까이 오라 손짓한다

나뭇잎 비행기를 날리면서
얼른 와서 잡으라 손짓한다

같지만 결코 같지 않은
여러 장이지만 오직 한 장뿐인
나뭇잎 편지를 읽으라 한다

무심코 지나가는 사람들은
알지 못한다

가로수가 십자가인 것을
가로수 옆에 다가갈 때
떨어지는 나뭇잎이
예수의 눈물이라는 것을

나뭇잎을 밟을 때 나는 소리가
'사~랑~'이라는 것을

-「가로수」

시인의 영혼, 즉 시혼이 직접 '가로수'라는 시에 이식되는 것은 아니다. 그래서 시인은 영혼이라는 말을 직접 시에 도입하지 않고 완전히 소화된 언어로 바꾸어 나타낸다. 곧, 가로수의 나뭇잎이라는 낱말로 시혼의 이미지를 표현한다. 시인은 미적 가치가 있는 작품에 시혼의 그림자 즉 음영만을 꺼내 나를 수 있을 뿐이다. 혹여 나뭇잎을 낙엽이라고 하는 것이 더 낫다고 생각할 수도 있겠지만, 사람마다 음영에 대해 여러 다른 감흥을 느낀다

하더라도 시혼의 본체는 변하지 않는 것이다.

나뭇잎은 관세음보살이 날려 보내는 자비의 비행기, 유일한 편지이며 또한 예수의 눈물이다. 시인은 어느 작품에선가 낙엽을 밟으면 어머니나 혹은 누군가 사랑하는 이의 소리를 듣는 듯하다고 말했다. 이것만 보더라도 가로수의 나뭇잎은 치유의 눈물이며, 자비의 신호이다. 보다 분명한 것은 시작노트에서 '하나님은 사랑이시다'를 시로 표현하였다고 밝히고 있다는 점이다. 시인은 성스러움을 직접 묘사하기 보다는 미적 가치가 돋보이도록 승화시켰다는 것을 알 수 있다.

이시에서 시인은 율동적인 음률에 사랑의 정서를 수반하여 나타내고 있다. 각운에 ~ 손짓한다, ~읽으라 한다 등의 리듬을 사용하고 있고, 특히 마지막에 사~랑 ~은 음수율을 통해 강한 리듬이 생기도록 하고 있다. 이로써 시혼에 나타난 '가로수'의 음영으로부터 독자는 사랑의 자취를 더 강하게 느낄 수 있다. 가로수는 독자들에게 사랑을 선사하는 근원적 치유제이다.

얼마나 아팠으면
서방 죽은 여인처럼
저리 슬피 엉엉 울까?

얼마나 속이 탔으면
제 눈물로 제 몸을
하염없이
식히는 것일까?

제 몸에 붙어사는 개미들이
피눈물에 빠져 죽는 것을
알면서도

제살이 벌겋게 무너져 내리는 것을
알면서도
피눈물을 그치지 않는 것일까?

-「지구의 눈물」

시인은 지구가 미래에 존재할 가능성이 있음을 미리 가보고 경험한 것 같다. 그는 미래의 지구로 가는 도중에 남편 잃은 여인, 개미 떼의 죽음, 공동묘지의 원혼 등 해악에 의해 입은 지구의 상처를 곳곳에서 목격한다. 그러나 시인은 상처로부터 겁을 먹는 것이 아니라 오히려 성스런 시혼이 떠나가 버린 흔적을 기억해 낸다. 다시 말해 상처 때문에 자신의 성스런 의무를 망각하지 않는다. 망각은 사람으로 하여금 본체의 시혼 즉 성스런 치유의 힘이 와서 머물 수 없게 만드는 것이다. 그러므로 망각의 강에서 빠져 나온다는 것은 시혼이 지나 간 흔적을 발견하고 미래의 시혼을 다시 불러 모으려 하는 것을 의미한다. 또한 망각은 시인의 좁은 의식 속을 말하는 것이다. 의식은 과학적 사고로서 지구를 조정하려고 하는 힘이다. 그러나 시인은 지구, 비 등과 대등한 하나의 존재이기 때문에 자신의 의식 속에 갇혀서 조정하는 자가 되려고 하지 않는다. 그래서 '지구의 눈물'은 곧 시인의 눈물이다.

'지구의 눈물'은 인간이 과학과 기술을 통해 상품을 대량으로 만들면서도 환경보호를 하지 않고 지구를 닦달만하는 것을 표현한 시작품이다. '지구의 눈물'은 시혼에 비쳐진 해악의 상처를 은유적으로 상징한 것이다. 시인은 다시금 치유와 회복의 작용을 하는 시혼을 불러낸다. 지금 그는 방관자로서 자신의 서재에서 환경에 관한 방송 다큐물을 보고 있는 것이 아니다. 오히려 해악의 상처에 은닉되어 있는 치유와 회복의 성스런 힘을 시적 상상으로 불러일으키고 있는 중이다.

4. 나가며

'사랑의 노래'에서 '노래'란 시혼 안으로 들어간 시인에게 시혼이 말 건네는 소리인 동시에 시혼의 눈짓에 시인이 직접 응답한 것이라고 생각된다. 그렇기 때문에 시인의 언어는 일반적인 언어가 아니라 성스러움을 미적 가치로 승화시키는 낱말로 표현될 수밖에 없다. '사랑의 노래'는 꽃과 인생, 사랑과 장소 등으로 나누어져 있으나 각개의 시는 독립적으로 존립하는 것들이다. 그래서 각개의 시를 통해 먼저 성스러움의 차원을 들여다보았다. 또한 다양한 정조와 색감 그리고 비유 있는 기법들을 통해 그가 성스러움 혹은 음영의 이미지를 잘 형상화한 것도 알아보았다.

지금까지 감상한 '사랑의 노래'는 하이데거와 김소월의 성스러움과 시혼에 바탕을 두고 있다. 하이데거는 철학과 시를 모두 사랑한 사상가이다. 하지만 철학과 시의 관계와 차이를 분명히 하고 있다.

> '철학의 사유와 시작은 모두 언어에 봉사하며 언어를 위해 중재하고 또 낭비되기 때문에 이 양자 사이에는 감추어진 혈연이 지배하고 있다. 그러나 동시에 양자 사이에는 갈라진 틈이 있으니 '가장 떨어져 있는 산 위에 살고 있기 때문이다.

그러면서 '시인은 성스러움을 이름하고(혹은 부르고, 명명하고), 철학자는 존재를 말한다'고 하였다. 즉 철학과 시작을 구분 짓는 가이드라인은 시에 있어서 성스러움이라는 것이다. 그는 성스러움의 차원을 전체성, 개방성, 은닉성, 작용성 등 네 가지로 구분하였다.

한편 하이데거의 성스러움은 신이나 종교적인 의미를 지니는 것이 아니기 때문에 여기서는 김소월의 시혼을 그것과 비유하였다. 김소월은 시혼에 때때로 나타나는 음영(혹은 그림자)이 밝음을 더욱 밝게 하고 어두움은 더 어둡거나 혹은 어스름하게 만든다고 하였다. 그러나 동시에 시혼은 시작에 직접 이식되는 것이 아니기 때문에 음영에 따라 시는 변환될 수 있다고 하면서도, 그것은 시혼 자체가 변환되는 것은 아니며 시혼의 본체는 영원하고 완전하며 절대적인 것이라고 말한다.

홍문표 교수에 의하면, 최시인은 이미 시로, 시학으로 준비되어 있다. 시인 자신은 마음과 영혼 즉, 심령에 비친 그림자들을 언어로 형상화한다는 의미의 시학을 가지고 있다고 말한다. 이것은 하이데거나 김소월과 한가지로 시작에 있어서 마음과 영혼을 강조하는 것으로 볼 수 있다. 이와 같은 대사상가와 민족시인이 추구하는 바, 성스러움과 시혼을 토대로 하면서, 그는 궁극적으로 '다양한 물체들을 우주 속의 한 원소로 보고 그들을 사랑의 눈으로 바라보면서 시작을 하고 싶다'고 말한다. 이러한 의지대로 최시인의 시작품이 더 높이 변화되고 성장하길 기대하면서 기쁜 마음으로 이글에서 나가기로 한다.